L'éditeur remercie Rivon Krygier,
rabbin de la communauté Adath Shalom (Paris 15e),
le père Sébastien Antoni,
et Mohamed Bachir Ould Sass,
enseignant-chercheur en sciences islamiques
pour leur relecture attentive de cet ouvrage.

Nos remerciements également, pour leurs témoignages,
à la communauté Adath Shalom (Paris 15e),
la paroisse Saint-Corbinien et Saint-Pierre Saint-Paul à Évry (91),
la paroisse Saint-Damien de Veuster (Épinay-sous-Sénart, 91),
la paroisse Saint-Rémy de Draveil (91),
la paroisse Saint-Dominique (Paris 14e),
la paroisse Notre-Dame de l'Assomption (Paris 16e),
la paroisse Saint-Gabriel (Paris 20e),
l'Institut Andalus de Châtenay-Malabry (92),
les Scouts musulmans de France et Beur FM.

MIXTE
Issu de sources responsables
FSC® C023577

Illustration de couverture : Anne Hemstege
Conception graphique : Marie-Pierre Berrubé

ISBN : 979-10-363-5260-7
Dépôt légal : octobre 2022
2e tirage : octobre 2023
Loi 49-956 du 16 juillet 1949 sur les publications destinées à la jeunesse

Sous la direction de Virginie Roussel

Textes : Marie Aubinais, Aline Combescot, Geoffrey Defebvre,
Elena Iribarren, Bénédicte Jeancourt-Galignani, Virginie Roussel
Illustrations : Magali Attiogbé, Catherine Chardonnay, Catherine Chion, Amélie Falière,
Charlotte de Ligneris, Chloé Pérarnau, Delphine Renon, Vincent Sorel

Être juif, chrétien, musulman, ça veut dire quoi ?

Les grandes religions expliquées aux enfants

bayard Soleil

PAGE 32 Christianisme

PAGE 54 Islam

Judaïsme

Les hommes ont longtemps prié plusieurs dieux dotés chacun de pouvoirs particuliers. Mais un peuple a choisi de donner sa confiance à un Dieu unique. Ainsi est né le judaïsme, la religion des juifs, il y a environ 3 500 ans. Selon la Torah, leur livre saint, Dieu s'est adressé aux hommes par l'intermédiaire d'un messager nommé Moïse. Il leur a promis de les protéger et leur a demandé de suivre ses Commandements.

Pourquoi l'étoile de David est-elle le symbole du judaïsme ?

Le symbole de la religion juive est une étoile à six branches. Les juifs l'appellent maguen David, ce qui veut dire « bouclier de David ». Mais pourquoi donc ?

Un souvenir du roi David

David est l'un des plus grands rois du peuple d'Israël, le peuple juif. Son histoire est écrite dans la Bible. Elle raconte, que lorsqu'il était encore un jeune berger, David osa affronter le géant Goliath qui terrorisait son peuple, et le tua. La légende dit qu'il portait alors un bouclier décoré d'une étoile. David est devenu roi et a essayé de régner en respectant les commandements de Dieu. Plus tard, il a écrit des psaumes et des prières.

Un signe d'Alliance avec Dieu

Bien des siècles plus tard, les juifs ont choisi cette étoile comme symbole de leur peuple. On la trouve à l'entrée des synagogues, leur lieu de prière, devant les écoles juives et sur le drapeau d'Israël. Cette étoile représente la relation qu'il y a entre Dieu et les hommes. Elle est composée de deux triangles. L'un a la pointe vers le haut et symbolise le peuple juif qui marche vers Dieu. L'autre a la pointe vers le bas et symbolise Dieu qui vient vers son peuple.

Le fait de la porter en bijou, ça veut dire que je suis juif et fier de l'être.

Raphaël, 13 ans

Quand je vois la maguen David, je me sens protégé, je ne me sens pas seul. C'est un symbole qui montre qu'on restera unis, qu'on a notre foi.

Simon, 11 ans

La maguen David, c'est le symbole de la paix, parce qu'un bouclier, ça sert à se protéger, pas à attaquer. J'aimerais que tous les juifs continuent de vivre dans la paix avec les chrétiens et les musulmans.

Yoni, 12 ans

Pendant la Seconde Guerre mondiale, les nazis ont obligé les juifs à coudre une étoile jaune sur leurs vestes. C'est comme si on tatouait des vaches pour les reconnaître dans le troupeau et les emmener à l'abattoir.

Ethan, 12 ans

Qu'est-ce que la Torah?

La Torah, c'est le nom d'une partie des textes saints du judaïsme, la religion des juifs. Les chrétiens les connaissent bien, car ces textes sont aussi dans la Bible.

Des récits très anciens

La Torah correspond aux cinq premiers livres de la Bible. Ces livres racontent le début de la relation entre Dieu et les hommes qui ont cru en lui. On y trouve les histoires de Noé, Abraham, Moïse... Mais aussi des textes pour aider les hommes à vivre en paix. Aujourd'hui encore, la Torah est une loi de vie pour les fidèles juifs. Ils s'appuient sur elle pour vivre de façon juste.

Des rouleaux à lire

Les croyants lisent la Torah les jours de fête, à la synagogue. Ils la lisent aussi chaque semaine durant le shabbat, leur jour de repos et de prière. Les enfants commencent à l'étudier dès l'âge de 6 ans. Les garçons s'entraînent à lire les textes sur les rouleaux de la Torah. Dans certaines synagogues, les filles sont également autorisées à lire la Torah.

Voici les premiers mots de la Torah, écrits en hébreu :

Cela se lit : « Beréchit bara Elohim eth hachamaïm vééth aarets... »

Ce qui veut dire : « Au commencement Dieu créa les cieux et la terre... »

La Torah est écrite en hébreu. Cette langue ancienne utilise un autre alphabet que le nôtre. Il se lit de droite à gauche. Et il n'a pas de voyelles. Tu dois les intégrer dans ta tête au fur et à mesure que tu lis... C'est difficile !

Joseph, 13 ans

Je vais bientôt faire ma bar-mitsva. C'est un jour aussi important que la première communion pour les chrétiens. Je devrai lire un passage de la Torah devant toute l'assemblée !

Samuel, 12 ans

La Torah est très importante. C'est l'histoire de nos ancêtres et les bases de notre foi qui se transmettent de génération en génération, depuis plus de deux mille ans.

Paul, 46 ans

On ne lit pas la Torah comme si c'était un livre normal. On la lit en chantant, comme une prière.

Sarita, 12 ans

C'est quoi, la bar-mitsva?

À l'âge de 13 ans, les garçons juifs fêtent leur bar-mitsva. C'est une étape importante dans la vie des adolescents. Ce jour-là, ils deviennent adultes devant Dieu.

Majeur... à 13 ans!

Les juifs pensent qu'à 13 ans, on comprend mieux les choix que l'on fait et leurs conséquences. On devient responsable. À cet âge-là, les jeunes s'engagent donc à bien se comporter vis-à-vis de Dieu et des hommes. Ils doivent désormais respecter les commandements de Dieu écrits dans la Torah, leur livre saint. Cette étape est la bar-mitsva, ce qui veut dire «fils du commandement» en hébreu, la langue du peuple juif. Pour les filles, cette célébration a lieu à 12 ans et s'appelle la bat-mistva, qui signifie «fille du commandement».

Un grand jour

Une fête est organisée pour la bar-mitsva. Pendant plusieurs mois, les garçons s'y préparent. Ils étudient la Torah. Et quand le jour est venu ils se rendent à la synagogue, leur lieu de prière. Là, devant la communauté juive, ils récitent des prières et des bénédictions. Ils lisent un passage de la Torah en hébreu et prononcent un discours. Ils montrent ainsi qu'ils s'engagent en toute conscience dans la religion juive.

Pendant la bar-mitsva, le jeune garçon met les tephillin (ou phylactères) pour la première fois. Ce sont deux étuis de cuir qui contiennent des passages importants de la loi juive. Ils sont fixés par des lanières au front et au bras gauche.

Je prépare ma bar-mitsva. Je suis un peu stressé de devoir lire un passage de la Torah en hébreu car ce n'est pas la même écriture que le français. En hébreu, il n'y a pas de voyelles. Je trouve ça difficile à lire…

Noam, 12 ans

Toute la famille était là pour ma bat-mitsva. On mangeait, on dansait entre les plats, les gens m'offraient des cadeaux. C'était une super fête qui m'a donné beaucoup d'émotion !

Léa, 15 ans et demi

Ça m'a impressionnée de lire un passage de la Torah devant tout le monde, le jour de ma bat-mitsva. On se dit qu'on a plus de responsabilités, qu'on appartient au monde des grands. À 12 ans, c'est bien ! Sarah, 17 ans

Avant la bar-mitsva, ce sont nos parents qui sont responsables si nous faisons des erreurs ou des fautes. Après, c'est à nous de les assumer. C'est un peu comme si on devenait adulte. On est fier !

El'Hanan, 12 ans

Qu'est-ce qu'une synagogue ?

La synagogue est le lieu de prière des juifs. Ils s'y retrouvent le vendredi soir pour le début du shabbat, leur jour de repos et de prière. C'est aussi à la synagogue qu'ils se rassemblent pour célébrer les fêtes.

Le rabbin

Il connaît la Torah, le livre saint des juifs. Il l'enseigne et l'explique aux fidèles.

La menora

C'est un chandelier à sept branches.

Le yad

C'est un objet en forme de main. On s'en sert pour suivre le texte de la Torah quand on la lit.

La kippa

Les hommes portent cette calotte sur leur tête pour se rappeler que Dieu est au-dessus d'eux.

La prière la plus importante, c'est Shema Israël. En hébreu, cela veut dire : « Écoute, Israël ». Cette prière dit que Dieu est unique et qu'il faut l'aimer de tout son cœur.

Salomé, 12 ans

Pour le shabbat, je vais à la synagogue à huit heures du matin. La prière dure trois heures. On chante des psaumes et on écoute des passages de la Torah.

Samuel, 12 ans

À la synagogue on s'habille bie pour respecter l'endroi On célèbre les fête avec des gen qu'on ne connaît pas Ils sont de notre religion c'est important de partage des choses ensemble

Éva, 10 ans

La Lumière perpétuelle

Elle rappelle la présence de Dieu. Elle reste toujours allumée.

Les Tables de la Loi

Les dix commandements que Dieu a donnés à Moïse sont gravés sur cette pierre.

La maguen David

Cette étoile est le symbole de la religion juive.

L'Arche sainte

C'est un coffre dans lequel sont gardés les rouleaux de la Torah. Cette arche est placée dans la direction où se trouve Jérusalem, la capitale d'Israël.

Le talit

C'est le châle de prière que portent les fidèles.

Les tephillin

Les fidèles portent, en semaine, ces petites boîtes noires sur le front et sur les bras. Dedans, il y a des paroles de la Torah écrites sur des parchemins.

C'est quoi, le shabbat ?

Le samedi, les juifs du monde entier célèbrent le shabbat. C'est un jour de repos, de prière et de fête. Un jour pour Dieu.

Le repos de Dieu

La Torah, le livre saint des juifs, raconte que Dieu a créé la lumière, le ciel, la Terre, les mers, les plantes, les animaux et l'être humain en six jours. Puis Dieu a vu que tout ce qu'il avait créé était bon. Alors, le septième jour, il s'est reposé. En souvenir de ce récit, les juifs se reposent le septième jour de la semaine. C'est le shabbat, un mot qui veut dire « arrêt du travail », en hébreu.

24 heures sans travailler !

Le shabbat commence le vendredi soir, juste avant le coucher du soleil. Il se termine le samedi soir. Pendant ces 24 heures, les juifs passent du temps en famille. Ils partagent un repas de fête et se retrouvent à la synagogue pour prier. Ils essaient de ne pas travailler pour tourner leur cœur vers Dieu. Par exemple, ils ne doivent pas cuisiner, utiliser les ordinateurs ou faire leurs devoirs.

Avec mon père et mon frère, on va à la synagogue. Il y a plein de copains que j'aime retrouver. Mais j'y vais surtout pour mieux comprendre la Torah que je lis en hébreu.

Ethan, 13 ans

Maman allume les bougies le vendredi soir et les laisse brûler pendant tout le shabbat. On est réunis, on rigole, on joue à des jeux de société. On est bien en famille !

Lior, 10 ans

On prie parce que c'est un jour important. On remercie Dieu pour toutes les bonnes choses de la journée.

Samuel, 9 ans

La veille du shabbat, ma grand-mère prépare pour chacun son repas préféré. Moi, c'est le couscous !

Gabriel, 13 ans

Que célèbre-t-on à Roch Hachana ?

La date de Roch Hachana change tous les ans car elle est déterminée par le calendrier hébreu. Ce jour-là, les juifs entrent dans une nouvelle année.

Une année neuve

Le jour de Roch Hachana, les juifs se rendent à la synagogue. La prière est rythmée par la sonnerie du schofar, une corne de bélier. C'est le signal de la nouvelle année. Les fidèles réfléchissent alors à tout ce qu'ils ont fait de bien et de mal durant l'année passée. Ensuite, pendant dix jours, ils demandent pardon à ceux qu'ils ont blessés et à Dieu. C'est une façon de démarrer l'année tout neufs !

Un peu de douceur !

À la maison, chaque famille prépare un grand repas. Chacun trempe des pommes et du pain dans du miel. C'est un geste pour souhaiter que l'année soit douce... comme du miel ! Durant le festin, les juifs remercient Dieu pour la vie qu'il leur donne. Ils le bénissent pour les produits de la terre et les animaux qu'ils peuvent manger. Et ils lui demandent aussi de les aider à bien se comporter durant la nouvelle année.

Roch Hachana veut dire « la tête de l'année », en hébreu. À table, on découpe la tête d'un poisson et on dit une prière dessus. C'est un signe qui rappelle qu'avec notre tête, on peut se montrer plus intelligent !

Elior, 11 ans

On mange des grenades, un fruit qui a plein de graines. Et on espère qu'on fera plus de bonnes actions que le nombre de ses graines.

Nathan, 10 ans

À la maison, on s'habille tous en blanc parce que c'est une couleur claire et pure. C'est comme si on se lavait. Et moi, je suis fière parce que, chaque année, je me dis que j'ai progressé, que j'ai fait mieux que l'an dernier !

Elsa, 11 ans

Ce jour-là, on se souhaite « Chana Tova », ce qui veut dire « bonne année » en hébreu, notre langue.

Sacha, 11 ans

Quand on reconnaît qu'on a fait du mal à quelqu'un, qu'on l'a blessé, on n'a plus envie de recommencer ensuite.

Anouk, 13 ans

Que célèbre-t-on le jour du Pardon ?

Les juifs ont une fête spéciale pour se demander pardon et demander pardon à Dieu. C'est le Yom Kippour, ce qui veut dire « jour du Pardon » en hébreu.

Le temps de la paix

Pendant dix jours, au début de l'année juive, les fidèles réfléchissent aux fautes qu'ils ont commises durant l'année écoulée. Ils demandent pardon à tous ceux à qui ils ont fait du mal en regrettant sincèrement ce qui s'est passé. Une fois réconciliés avec leurs proches, ils se tournent alors vers Dieu pour lui demander pardon.

Une journée de prière

Le Yom Kippour commence à la fin de ces dix jours. Pendant 25 heures, les juifs arrêtent toute activité et jeûnent, c'est-à-dire qu'ils se privent de manger et de boire. C'est une manière de se purifier et de tourner leur cœur vers Dieu.
Ils se rassemblent à la synagogue, leur lieu de prière, pour entendre les lectures de la Torah. À la tombée de la nuit suivante, chaque famille se retrouve et la fête commence !

Le jour de Yom Kippour, mon grand-père fait venir chacun de ses enfants et petits-enfants. À tour de rôle, il pose la main sur notre tête et récite une très belle prière de bénédiction. Ce moment est très important pour moi !

Avital, 28 ans

C'est difficile de demander pardon, parfois. Alors, je le dis vite fait, je me sens un peu gêné. Mais je repars toujours le cœur léger. Je me sens mieux, après.

François, 11 ans.

Quand j'étais petit, mon père s'était fâché avec son frère. Cela a duré des années. Un jour de Yom Kippour, quelqu'un a sonné à la porte. C'était mon oncle qui venait demander pardon à mon père ! Ils sont tombés dans les bras l'un de l'autre et se sont réconciliés.

Stéphane, 39 ans.

À la fin de Yom Kippour, à la synagogue, les hommes déploient un grand châle blanc au-dessus de leur famille puis le rabbin récite la dernière prière. C'est un moment magique, comme un grand câlin en famille !

Sarah, 9 ans et demi

Le jour de Yom Kippour, je demande pardon à mes copains. Souvent, ils m'ont déjà pardonné depuis longtemps, mais ils sont contents que je le leur demande. Après ça, entre nous, c'est différent.

Gabriel, 11 ans et demi

Que célèbre-t-on à Souccot ?

En hébreu, la langue du peuple juif, le mot souccot signifie «cabanes». C'est aussi le nom d'une fête très joyeuse qui a lieu à l'automne. Les juifs célèbrent alors leur confiance en Dieu.

40 ans dans le désert

La Torah raconte que le peuple hébreu était esclave d'un pharaon, en Égypte. Pour le libérer, Dieu fit appel à Moïse. Celui-ci conduisit les Hébreux hors d'Égypte. Mais ils vécurent dans le désert pendant 40 ans avant d'arriver sur la terre que Dieu leur avait promise. La vie était dure dans le désert ! Les Hébreux avaient faim et soif. Ils vivaient dans des abris. Mais ils faisaient confiance à Dieu et Dieu les protégeait.

Dieu, un abri solide

Chaque année, en fêtant Souccot, les juifs célèbrent cet épisode de leur histoire. Ils construisent une cabane avec des branchages. Ils doivent voir les étoiles à travers le toit pour se souvenir que seul Dieu les protège et leur donne ce dont ils ont besoin pour vivre. À la synagogue, leur lieu de prière, ils tiennent un bouquet composé de quatre plantes, qui représentent les juifs unis avec leurs différences. Ils remercient Dieu et lui demandent la paix.

«Cabane», en hébreu, se dit *soucca* au singulier, souccot au pluriel.

Je construis une cabane
dans mon jardin avec mes parents.
À l'intérieur, on met des fruits,
on partage et on remercie Dieu
pour tout ce qu'il nous donne.

Camille, 10 ans

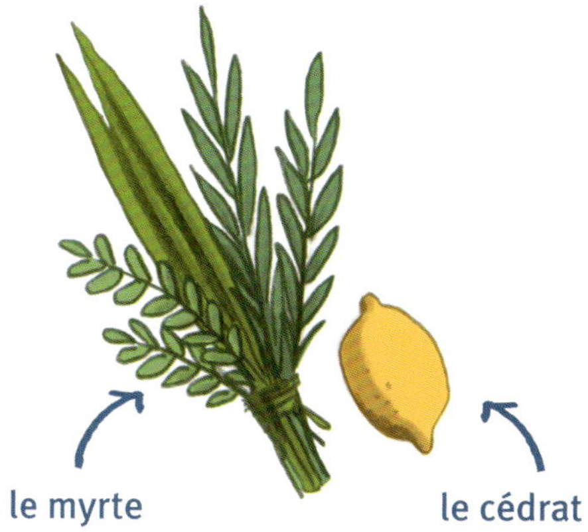

Un bouquet composé de quatre plantes : le myrte, le cédrat, le palmier et la sauge.

La soucca doit rester debout pendant 7 jours.

Samuel, 9 ans

J'ai mangé dans une soucca
avec ma grand-mère.
On a l'impression d'être dehors !
Alors, je pense aux Hébreux qui
ont vécu comme ça longtemps...

Nathanaël, 11 ans

Je fête Souccot dans
un restaurant à Paris.
Sur le balcon,
il y a une soucca.

Lucas, 12 ans

Pendant cette fête, je ressens la dure vie des Hébreux. Ça me rappelle toutes leurs difficultés.

Gabriel, 9 ans

C'est quoi, la fête des Lumières ?

Les juifs célèbrent la victoire de la lumière sur les ténèbres : c'est la fête de Hanoukka, que l'on prononce « ranouka ».

La flamme miraculeuse

Au IIe siècle avant Jésus Christ, un roi interdisait aux juifs de pratiquer leur religion. Mais, un jour, quelques juifs se sont révoltés. Ils ont repris par les armes le temple de Jérusalem pour qu'il redevienne leur lieu de prière. On raconte qu'à l'intérieur du temple, ils ont trouvé une petite bouteille d'huile sainte qu'ils ont allumée. Cette flamme, qui ne devait brûler qu'un seul jour, a tenu pendant huit jours ! C'était comme un miracle, le signe de leur victoire.

La fête de l'espoir

En mémoire de cette victoire, les juifs continuent de célébrer la fête des Lumières. Pendant huit jours, une bougie supplémentaire est allumée chaque jour sur un chandelier à neuf branches. Jour après jour, la lumière grandit. Ces flammes représentent les fidèles. La fête de Hanoukka est le signe qu'au milieu de l'obscurité, il suffit que quelques personnes gardent espoir pour que les choses changent.

La semaine où on fête Hanoukka, on allume les bougies pour se souvenir des huit jours où la fiole a brûlé dans le temple. Il y en a neuf parce que la première bougie sert à allumer toutes les autres.

Jacques, 9 ans

On mange des beignets et on reçoit des cadeaux à la fête de Hanoukka. C'est joyeux !

Raphaël, 8 ans

Hanoukka me donne des émotions fortes. Je pense aux enfants d'Israël qui ne pouvaient pas étudier en paix…

Auriane, 10 ans

On allume les bougies le soir, à la tombée de la nuit. Et on met le chandelier devant une fenêtre pour que tout le monde puisse le voir, pour que les gens soient éclairés.

Louis, 10 ans

Quand on fête Hanoukka, on sent la liberté ! Nous sommes contents parce qu'aujourd'hui nous sommes libres de croire en Dieu.

Alexandre, 8 ans

C'est quoi, la Pâque juive ?

La Pâque juive, appelée Pessah en hébreu, dure une semaine. Les juifs fêtent la liberté de leur peuple.

Un chemin vers la liberté

Il y a 3 500 ans environ, les ancêtres des juifs, les Hébreux, étaient esclaves en Égypte. La Torah raconte que Dieu eut pitié de leurs souffrances et voulut les libérer. Il demanda à Moïse de les guider hors d'Égypte. Une nuit, les Hébreux s'enfuirent. Ils traversèrent la mer Rouge, puis le désert, avant d'arriver sur la terre de Canaan, que Dieu leur avait promise. C'est en souvenir de cette libération que les juifs fêtent Pessah.

Un repas chargé de sens

Le moment le plus important de la fête est appelé le seder, un repas composé d'aliments symboliques qui réunit famille et amis. Par exemple, il y a du pain sans levain parce que, le jour où ils se sont enfuis, les Hébreux n'avaient pas eu le temps d'attendre que la pâte du pain ait levé. Pendant le repas, l'homme le plus âgé de la famille lit le récit de la fuite d'Égypte. Tout le monde chante et prie ensemble.

Pessah est un épisode très important de la Torah. C'est le début de l'histoire du peuple hébreu.

Sarah, 12 ans

Chez nous, on ne fait pas le seder traditionnel avec toutes les prières. Mais on se retrouve ensemble, on appelle la famille, on prend des nouvelles. Cette occasion spéciale est aussi un prétexte pour voir tout le monde !

Mathilde, 14 ans

Pendant le seder en famille, on mange des herbes amères qui rappellent que les esclaves étaient amers, tristes… Pour moi, c'est important de se souvenir de nos ancêtres !

Raphaëlle, 11 ans

J'aime bien faire Pessah parce que c'est un bon moment à partager, très joyeux ! On ne doit pas manger le même pain que d'habitude, c'est la partie pas très rigolote, mais c'est important de le faire.

Camille, 13 ans

Pour moi, Pessah, c'est la famille, les grandes tablées, la cuisine de ma grand-mère. Je viens d'Israël : là-bas, Pessah, c'est le début de l'été ! Le cœur de Pessah, c'est de raconter l'histoire de notre peuple aux plus jeunes.

Revital, 42 ans

Que célèbre-t-on à Chavouot ?

En mai, les juifs fêtent Chavouot. Ce jour-là, ils se souviennent que Dieu leur a donné la Torah qui veut dire enseignement. La Torah continue de guider les juifs aujourd'hui.

La Torah, un cadeau de Dieu

La Torah raconte que Dieu libéra les Hébreux d'Égypte, où ils étaient esclaves. Il confia à Moïse le soin de les guider à travers le désert jusqu'à une terre où ils pourraient vivre libres et heureux. Un jour, Moïse monta à la rencontre de Dieu sur le mont Sinaï. Là, Dieu lui confia un enseignement à transmettre à son peuple. Pour les juifs, la Torah rassemble des textes sages et des lois qui les guident et les aident à créer l'alliance entre Dieu et le peuple hébreu.

Les commandements de Dieu

La Torah raconte l'histoire du peuple de Dieu. Elle contient les dix commandements qui permettent à l'homme de trouver Dieu et de bien se comporter envers les autres. Les juifs comparent la Torah à du lait car, comme le bébé a besoin de lait pour grandir, le fidèle a besoin de la Torah pour nourrir son esprit. C'est pour cette raison qu'à Chavouot, les juifs mangent des fromages et des desserts à base de lait. Certains restent même éveillés durant la nuit pour étudier la Torah.

Moïse redescend du mont Sinaï avec la loi que Dieu transmet à son peuple.

La Torah nous apprend
à respecter les autres,
tout le temps, même à l'école.
On ne doit ni voler, ni tuer.
Et on ne doit pas être cruel
avec les animaux.

Noa, 9 ans

**Avec la Torah,
on apprend à vivre libre
et à vivre ensemble.**

Raphaël, 10 ans

Dans la Torah,
on trouve tout
ce que nos
ancêtres ont fait de bien.
Ça nous aide à mieux vivre
avec les autres et avec Dieu.

Nathan, 10 ans

La Torah,
c'est précieux.
Tous les juifs
du monde entier
la lisent.

Talia, 9 ans

**À Chavouot, je ressens de la joie,
parce que la Torah a été transmise
aux juifs et aux enfants de leurs
enfants, jusqu'à nous aujourd'hui.**

Sarah, 9 ans

Christianisme

Comme les juifs, les chrétiens ont confiance en un Dieu unique. Pour eux, Dieu aime tellement les hommes qu'il a voulu partager leur vie. Il a ainsi envoyé sur Terre Jésus, son Fils. Jésus parle sans arrêt de Dieu, qu'il appelle "Père" dans la Bible, le livre saint des chrétiens. À cause de cet amour-là, il a été condamné à mourir sur une croix. Les chrétiens croient que Dieu l'a ressuscité afin de montrer aux hommes qu'il était son Fils. C'était il y a plus de 2 000 ans.

Pourquoi la croix est-elle le symbole du christianisme ?

La croix est visible sur le clocher des églises et sur les vêtements du prêtre. Certains chrétiens la portent aussi autour du cou. Mais quelle est sa signification ?

Un souvenir de la mort de Jésus

À Rome, il y a 2 000 ans, la croix était un terrible instrument de torture. On y crucifiait les voleurs, les criminels, les esclaves et tous ceux qui gênaient les autorités politiques et religieuses. Les Évangiles, dans le Nouveau Testament, racontent que Jésus a été cloué sur une croix puis est ressuscité trois jours après sa mort. Pour les chrétiens, la croix rappelle cette souffrance mais surtout le triomphe de la vie sur la mort. Progressivement, elle est devenue un signe de foi et de joie.

Un signe de foi

Selon la Bible, Jésus est ressuscité et vit auprès de son père.
Pour les croyants, Jésus a eu raison de faire confiance à Dieu, qu'il appelle Père. Car l'amour de Dieu leur apparaît plus fort que la mort. La croix rappelle que Dieu n'abandonne jamais les hommes même dans les moments les plus difficiles et les plus douloureux de leur vie. En faisant le signe de croix, les chrétiens disent le nom complet de Dieu : le Père, le Fils et le Saint Esprit.

Quand on fait
le signe de croix,
cela veut dire
que l'on croit en Dieu.

Carla, 9 ans

Quand le prêtre nous baptise, il fait le signe de croix sur notre front.

Jeylany, 7 ans

La croix est le symbole de la mort de Jésus. Les chrétiens en ont fait un signe de joie, alors que Jésus est mort dessus. C'est vraiment bien. Cela veut dire qu'ils ne prennent pas la mort de Jésus pour quelque chose de mal ni de définitif. Pour eux, Jésus est vivant.

Lucas, 9 ans

Pour moi, faire le signe de croix, c'est comme appuyer sur un bouton « Envoyer un message » et dire à notre ange d'aller tout de suite le porter jusqu'à Dieu.

Clémence, 8 ans

Qui est Jésus pour les chrétiens ?

Selon la Bible, Jésus est né en Palestine il y a plus de 2 000 ans. Pour les chrétiens, il est le Fils de Dieu venu sur Terre pour faire comprendre aux hommes que Dieu est un Père qui aime les hommes et les femmes comme ses enfants.

Une vie d'homme

Jésus naît dans une famille juive, à Bethléem. En hébreu, son nom signifie « Le Seigneur sauve ». Il est élevé par Marie et Joseph à Nazareth. Alors qu'il n'est encore qu'un enfant, il a une confiance absolue en Dieu : il l'appelle « Père ». Jusqu'à sa mort, il parle de l'amour infini de Dieu pour chaque être humain. La vie de Jésus est racontée dans les Évangiles qui font partie du Nouveau Testament, la deuxième partie de la Bible.

Dieu descendu sur Terre

Pour les chrétiens, Dieu aime tellement l'humanité qu'il a envoyé son propre Fils, Jésus, pour partager la vie des hommes et se faire comprendre d'eux. Car Jésus, c'est aussi Dieu. Il console les malheureux, guérit les malades, pardonne aux criminels. Pour que l'humanité entière vive en paix, Jésus demande à chacun : « Aimez-vous les uns les autres comme je vous ai aimés. »

Jésus, c'est un homme et c'est Dieu. C'est le mystère. Si je veux faire ma première communion, c'est pour sentir la présence de Jésus en moi.

Calvin, 10 ans

Quand je ne me sens pas aimée par les gens, je pense à Dieu. Il m'aime comme si j'étais sa fille.

Claire, 10 ans,

Dieu a envoyé Jésus sur Terre pour qu'il nous aide. Il nous demande de prier tous les jours. Sans la prière, c'est difficile de faire les choses.

Jessica, 10 ans

Dieu nous a donné la vie pour écouter sa parole et pour vivre en paix. Il m'apporte le bonheur.

Giorgio, 8 ans

Qu'est-ce que la Bible ?

Il y a 2 700 ans, des hommes ont commencé à parler d'un Dieu unique. Leurs prières et leurs récits ont été rassemblés sous la forme d'un seul ouvrage, la Bible, le livre saint des chrétiens.

Mille ans pour écrire la Bible !

Les premiers textes de la Bible ont été écrits sur des rouleaux de papyrus, sur des peaux de chèvres ou de vaches. Plus de 70 livres composent la Bible et il a fallu plus de 1 000 ans pour les écrire. Les cinq premiers forment la Torah, une partie du livre saint des juifs. Ils se trouvent dans la première partie de la Bible, que les chrétiens appellent l'Ancien Testament. La seconde partie parle de Jésus et de la vie des premiers chrétiens. C'est le Nouveau Testament, qui signifie « nouvelle Alliance » et « témoignage ».

Une nouvelle Alliance

L'Ancien Testament raconte comment le peuple hébreu a rencontré Dieu et lui a fait confiance. À travers la vie de messagers comme Noé, Abraham ou Moïse, il explique l'Alliance : la relation unique entre Dieu et les hommes. Pour les chrétiens, Jésus est venu sur Terre pour dire à l'humanité que Dieu vit une relation d'amour avec chaque homme. Son message est écrit dans les Évangiles.

Dans la Bible, il y a des choses qu'on ne comprend pas forcément. Mais, si on a la foi, on peut comprendre. On a aussi le droit de se poser des questions.

Paul, 12 ans

Le Dieu de l'Ancien Testament est le même que le Dieu du Nouveau Testament. Jésus essaye simplement de nous faire comprendre qu'il est comme un Père pour les hommes.

Émilie, 12 ans

Jésus, c'est Dieu qui s'est fait homme. Il annonce la parole de Dieu avec des mots. Et ces mots, je les retrouve dans la Bible.

Claire, 10 ans

J'aime bien l'histoire du fils prodigue, dans la Bible.
Elle montre que, même si on n'est pas sur le bon chemin, Dieu nous accueille toujours à bras ouverts quand on revient vers Lui.

Mina, 11 ans

C'est quoi, le baptême ?

Le mot « baptême » vient d'un mot grec qui signifie « plonger ». Selon les Évangiles, lorsqu'une personne est baptisée, elle devient chrétienne.

Le baptême de Jésus

La Bible raconte que le prophète Jean-Baptiste baptisait des hommes et des femmes dans l'eau du Jourdain, un fleuve de Palestine. Il leur demandait de reconnaître le mal qu'ils avaient fait et de se tourner vers Dieu. Un jour, il annonça la venue d'un homme plus fort que lui. Jésus arriva et se fit baptiser. Quand il sortit de l'eau, les Évangiles racontent que l'Esprit de Dieu descendit sur lui.

Notre baptême à l'église

Aujourd'hui, les chrétiens se font baptiser à tout âge. Le prêtre verse de l'eau en disant : « Je te baptise au nom du Père, et du Fils, et du Saint Esprit. » Puis il fait un signe de croix sur le front avec de l'huile bénite parfumée. Ce geste est le signe de l'Esprit de Dieu, qui donne sa force à celles et ceux qui le reçoivent. Le prêtre donne ensuite au baptisé un cierge allumé pour montrer qu'il a reçu la lumière du Christ et qu'elle éclaire désormais son chemin. Un parrain et une marraine accompagnent le baptisé sur son chemin vers Dieu.

Le baptême est comme une renaissance. Quand on reçoit l'eau du baptême, on a des petites sensations de joie !

Laure, 10 ans

Quand on est baptisé, on a davantage la foi. On arrive mieux à rester en présence de Dieu. Avoir la foi, c'est comme avoir la connaissance de la vie.

Jessica, 10 ans

Certains parents ne veulent pas que leurs enfants se fassent baptiser. Mais, dans l'esprit de ces enfants, c'est comme s'ils étaient baptisés. Ils croient en l'amour de Dieu.

Lucas, 9 ans

Quand on est baptisé, on est avec Dieu. Il nous accompagne dans les épreuves.

Lucile, 10 ans

C'est quoi, une église ?

En grec, le mot « Église » signifie « assemblée ». Il désigne à la fois l'ensemble des chrétiens et le lieu où ils se rassemblent pour prier ensemble.

Un lieu de prière

Quand le mot « église » s'écrit avec un petit é, il désigne le bâtiment où le prêtre célèbre la messe, les baptêmes, les mariages, les enterrements… tous les grands moments de la vie d'un catholique. Les croyants s'y retrouvent le dimanche et les jours de fête comme Noël ou Pâques pour entendre la parole de Dieu. Le prêtre lit des passages de la Bible. Il parle de la vie de Jésus Christ, puis il explique le sens de sa mort et de sa résurrection. Ceux qui sont baptisés reçoivent l'hostie, une petite pastille d'eau et de farine : ils communient. Pour les catholiques, l'hostie représente le corps du Christ, qui a donné sa vie pour les hommes.

Différentes « Églises »

Quand le mot « église » s'écrit avec un grand É, il désigne l'ensemble des catholiques, le pape, les évêques et les prêtres. Il existe différentes « Églises », qui rassemblent d'autres communautés chrétiennes : par exemple les protestants ou les orthodoxes. Ces Églises ne reconnaissent pas l'autorité du pape pour des raisons historiques.

À la messe, quand on communie, on mange l'hostie. Moi, j'ai déjà goûté deux fois. Je me suis senti bien.

Nicolas, 10 ans

À l'église, Dieu me donne de la force.

Terry, 8 ans

Une église, c'est fait pour prier Jésus, pour penser aux pauvres, aux gens qui sont morts ou qui sont en guerre.

Giorgio, 8 ans

À l'église, on prie avec tout le monde et on pense à Dieu, tous ensemble.

Chloé, 10 ans

Qui est le pape ?

Pour une partie des chrétiens, le pape est le chef de l'Église. Ceux qui reconnaissent son autorité religieuse s'appellent les catholiques.

Le successeur de Pierre

Selon les Évangiles, Jésus était accompagné de douze apôtres. Ces hommes devaient faire connaître au monde entier la nouvelle de sa résurrection ainsi que le message d'amour de Dieu. Jésus choisit l'apôtre Pierre comme chef des apôtres afin qu'il poursuive une mission après sa mort : diriger les premières communautés de chrétiens. Aujourd'hui, pour les catholiques, c'est le pape qui continue le travail de Pierre. « Pape » vient du latin et veut dire « papa ».

Un pape élu

Le pape est élu par certains évêques appelés « cardinaux ». Ces hommes sont considérés comme les successeurs des apôtres. Quand un pape meurt, les cardinaux se réunissent pour élire le nouveau pape. Cette réunion s'appelle le « conclave ». Elle peut durer plusieurs jours, jusqu'à ce qu'ils se mettent tous d'accord. Une fois élu, le pape voyage, reçoit des visites et écrit des lettres, appelées « encycliques ». Il guide les catholiques dans leur foi.

On voit très souvent le pape à la télévision pour célébrer de grandes messes et de grandes fêtes.
Anaïs, 11 ans

Le pape actuel s'appelle François. Il vient d'Argentine.
Ryan, 11 ans

Chaque année, à Pâques et à Noël, le pape bénit le monde entier.
Mina, 11 ans

Le pape vit au Vatican.
Le Vatican est le plus petit État du monde et c'est en Italie, à Rome.
Zoé, 11 ans

Que fête-t-on à Noël ?

Le 25 décembre, les chrétiens fêtent la naissance de Jésus. C'est une grande joie pour eux, car ils croient que Jésus, c'est Dieu venu parmi les hommes, il y a plus de 2000 ans.

Un enfant est annoncé

Les Évangiles raconte qu'en Palestine, il y a 2 000 ans, vivait le peuple juif. Dans la ville de Nazareth, une jeune fille appelée Marie était fiancée à un homme nommé Joseph. Un jour, l'ange Gabriel annonce à Marie qu'elle va donner naissance au Fils de Dieu. Il lui dit de l'appeler Jésus, qui veut dire « Le Seigneur sauve ». Jésus est né à Bethléem, dans une étable.

La lumière du monde

Les chrétiens ont choisi de fêter la naissance de Jésus le 25 décembre, car c'est une date symbolique. Elle tombe au moment où les jours commencent à rallonger. Pour les chrétiens, Jésus est « la lumière du monde ». Il guide les hommes. Pour fêter sa naissance, ils préparent la crèche, qui rappelle que Jésus est né dans une étable. Ils décorent leur maison et l'éclairent de bougies. Après le repas en famille, ils vont parfois à la messe de minuit à l'église pour célébrer Noël.

Jésus est lumière parce qu'il nous éclaire. Il est là pour nous protéger, pour nous aider dans des moments de peur ou de faiblesse.

Laura, 12 ans

Jésus est arrivé petit, pauvre, alors qu'en fait, il est Dieu ! Au fur et à mesure, il a grandi et a commencé à se faire connaître. Au bout d'un moment, beaucoup ont compris qu'il était vraiment Dieu.

Marianne, 12 ans

J'aime Noël, on peut prier devant le sapin pour dire merci à Dieu d'avoir créé le monde.

Jeylany, 7 ans

Pour nous rappeler la naissance de Jésus, on met l'étoile en haut du sapin. Les mages ont vu l'étoile et elle les a guidés jusqu'à Jésus et Marie, à Bethléem.

Chloé, 10 ans

Que fêtent les chrétiens à Pâques ?

Pâques est la plus importante des fêtes chrétiennes. Ce jour-là, les croyants célèbrent la résurrection du Christ, son passage de la mort à la vie. Il ne faut pas la confondre avec la Pâque, qui est une fête juive.

Mourir sur Terre

Selon la Bible, les paroles et les gestes de Jésus touchaient le cœur de ceux qu'il rencontrait. Cette situation ne plaisait pas aux autorités religieuses et romaines qui dirigeaient la ville de Jérusalem. Pour cette raison, Jésus a été condamné à mourir sur une croix. Son corps a été porté au tombeau, mais trois jours plus tard, la tombe était vide. Pour les chrétiens, c'est le signe que le Christ est ressuscité, qu'il vit pour toujours.

Renaître avec Dieu

Les chrétiens se préparent à fêter Pâques en faisant le carême. Pendant quarante jours, ils prient, jeûnent et partagent. À la fin du carême, durant la Semaine sainte, ils se souviennent des derniers instants de Jésus, jusqu'au dimanche de Pâques. Ce jour-là, les chrétiens célèbrent la résurrection de Jésus en chantant « Alléluia ! », ce qui veut dire « Louez le Seigneur » en hébreu. C'est un cri de joie, parce que la vie avec Dieu est plus forte que la mort.

Jésus est mort sur la croix parce qu'il n'a pas voulu répondre à la violence des hommes par la violence. Il n'a pas résisté. Il a accepté de mourir pour ne pas trahir Dieu, qui n'est qu'amour.

Caroline, 16 ans

Durant la Semaine sainte, on se souvient tous les jours de ce que Jésus a vécu.

Lucas, 9 ans

ALLÉLUIA!

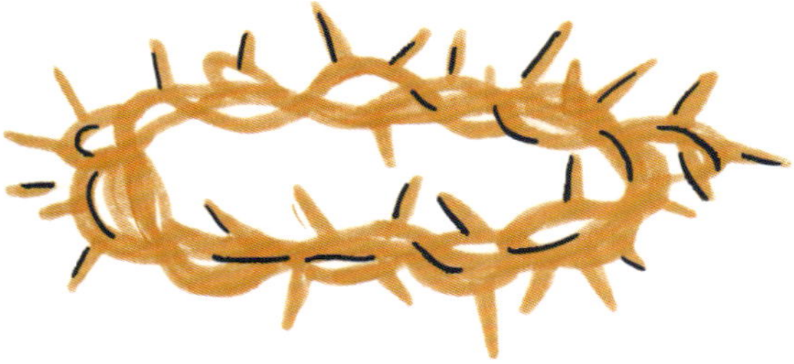

Pendant le carême, je prie souvent le matin. Après, je passe la journée à boire de l'eau et à manger du pain. Je reste avec ma grand-mère.

Laure, 10 ans

Pâques est un peu particulier. On est content. C'est comme si on revenait au jour où Jésus est ressuscité.

Marine, 10 ans

Que fête-t-on à la Pentecôte ?

« Pentecôte » vient du grec et veut dire « cinquante jours ». Cinquante jours après le dimanche de Pâques, les chrétiens célèbrent l'Esprit de Dieu présent en chaque croyant.

La force de Dieu

Selon les Évangiles, Jésus a promis à ses apôtres avant de mourir qu'ils allaient « recevoir une force ». Cette force, leur a-t-il dit, les aiderait à se souvenir de ses gestes et de ses paroles. Elle les aiderait aussi à transmettre le message de Dieu aux hommes. Cinquante jours après la résurrection du Christ, les apôtres reçoivent le don de s'exprimer en plusieurs langues pour parler à l'humanité entière.

L'Esprit de Dieu

Pour les chrétiens, la force dont parlait Jésus, c'est l'Esprit Saint. C'est l'amour de Dieu qui permet de reconnaître ce qui est bon pour nous-mêmes et pour les autres. C'est un souffle de joie qui rend confiant, même dans les moments les plus difficiles. Tous les ans, à la Pentecôte, les chrétiens fêtent le don de l'Esprit Saint.

L'Esprit Saint montre à quel point Dieu est bon, puissant et fait attention à nous.

Marianne, 11 ans et demi

Ne pas mentir, ne pas copier sur son voisin… Quand on voit une bagarre, ne pas y entrer et prévenir un adulte… Pour moi, c'est l'Esprit Saint qui donne la force de faire le bien.

Lucas, 9 ans

À chaque fois que je dois faire des choses difficiles, l'Esprit Saint m'aide. Il m'aide aussi à aimer les autres.

Clémence, 8 ans

Que fête-t-on à la Toussaint ?

Le 1er novembre, les catholiques fêtent tous les saints. C'est le jour de la Toussaint. Il ne faut pas le confondre avec le 2 novembre, le jour des morts.

Qu'est-ce qu'un saint ?

Un saint est un homme ou une femme qui s'est laissé guider par l'amour et le message de Dieu. On ne devient pas saint ou sainte par simple gentillesse, mais parce qu'on veut vivre comme Jésus. La vie des saints est considérée comme un exemple par les chrétiens. Par leurs gestes et par leurs paroles, par leur engagement auprès des orphelins, des malades ou des pauvres, les saints montrent un amour très fort pour Dieu et pour les hommes.

Rendre gloire à Dieu

Pour les catholiques, Dieu a donné aux saints leurs plus belles qualités : l'amour généreux, la patience, la prière, l'intelligence... Le jour de la Toussaint, les croyants se souviennent des souffrances et des dangers qu'ont vécus tous les saints. Ils reconnaissent qu'à travers eux, Dieu appelle chaque croyant à agir pour améliorer le monde. La Toussaint rappelle que chacun peut devenir saint grâce à sa foi, ses actions et à l'amour que Dieu donne.

SAINT JEAN-BAPTISTE

J'aime bien saint Jean-Baptiste. C'est un prophète, il baptisait les gens. Je l'aime bien parce que je porte son nom. Sa fête tombe le 24 juin.

Baptiste, 10 ans

Les saints ont aidé les gens à croire en Dieu en montrant les miracles qu'il peut faire et l'amour qu'il ressent pour les hommes.

Clémence, 8 ans

SAINT FRANÇOIS

Le 2 novembre, le lendemain de la fête de la Toussaint, est le jour des morts. Au cimetière, les chrétiens déposent des fleurs sur les tombes. À l'église, ils prient pour ceux qui les ont quittés, lors d'une messe célébrée pour tous les défunts.

Islam

Comme les juifs et les chrétiens,
les musulmans croient en un Dieu unique.
Ils reconnaissent tous les messagers de Dieu,
depuis Abraham jusqu'à Jésus.
Pour eux, il y a environ 1450 ans,
Dieu s'est adressé à Mohammed
par l'intermédiaire de l'ange Gabriel.
Ses paroles ont été écrites dans le Coran,
le livre saint des musulmans.
Elles sont un rappel à tous les hommes
que Dieu seul est tout-puissant
et que lui seul doit être adoré.

Pourquoi le croissant de lune est-il l'emblème de l'islam ?

Au sommet des mosquées et sur le drapeau de certains pays musulmans, on peut voir un croissant de lune. Mais d'où vient ce croissant qui est le symbole de l'islam ?

Une lumière dans la nuit

La lune joue un rôle très important dans le Coran, le livre saint des musulmans. C'est elle qui aide le croyant à trouver son chemin en pleine nuit. Car sa lumière le guide. De plus, les musulmans s'appuient sur le calendrier lunaire pour mesurer le temps. Un mois, dans ce calendrier, dure 29 ou 30 jours. C'est le temps que met la lune à passer d'un fin croissant à un gros disque rond, puis à redevenir un fin croissant.

Un signe visible

À partir du VIIe siècle, des peuples se sont convertis à l'islam, dans le monde arabe, puis en Asie, en Afrique et en Europe. Or, les chrétiens vivaient déjà là. On repérait leurs églises, qui étaient surmontées d'une croix. Alors, pour se distinguer des chrétiens, les musulmans ont placé un croissant de lune au-dessus des mosquées, leurs lieux de prière. Depuis, des pays comme la Turquie et l'Algérie ont adopté cet emblème sur leur drapeau.

La lune croît et décroît en 29 jours. Les musulmans suivent ce rythme-là dans leur calendrier.

On voit le croissant de lune sur des bijoux, des tapis de prière, dans des histoires religieuses qui parlent du prophète Mohammed.

Rayan, 11 ans

La lune n'est pas trop un symbole, pour moi. Dieu est plus important que la lune. Et je le vois dans mon cœur.

Achraf, 8 ans

Dieu, qui a créé les astres, parle beaucoup de la lune dans le Coran, pour dire que les choses sont et seront toujours. Quand je regarde la lune, je me dis : « Qui d'autre que Dieu pourrait créer un astre aussi brillant et magnifique ? »

Amin, 12 ans

En janvier, la mosquée fournit des calendriers lunaires pour savoir à quelle heure on doit faire les prières, et pour connaître les dates du début et de la fin du ramadan.

Amine, 14 ans

Dans le Coran, il y a plusieurs chapitres que l'on appelle des sourates. L'une de ces sourates porte le nom de « La lune ».

Illyes, 10 ans

Qui est Mohammed ?

Les musulmans croient que Dieu, qu'ils appellent Allah, s'est adressé à Mohammed au VIIe siècle, en Arabie. Pour eux, Mohammed est un prophète.

Un homme sage

Mohammed est né à La Mecque, une ville d'Arabie, en 570. Il a été élevé par son grand-père puis par son oncle, des hommes justes et généreux. Mohammed est devenu un homme plein de sagesse, il inspirait confiance. Alors on l'appelait « l'homme de confiance ». Il aimait aller méditer seul dans une grotte. L'ange Gabriel lui serait apparu dans cette grotte en lui disant : « Tu es l'envoyé de Dieu, le prophète d'Allah. »

Un prophète

Les musulmans croient que l'ange Gabriel a transmis à Mohammed les messages de Dieu pour les hommes. Mohammed les a récités ensuite à ses compagnons, qui les ont écrits. Ces messages en arabe ont été rassemblés dans un livre appelé le Coran. C'est le livre saint des croyants qui reconnaissent Mohammed comme prophète du Dieu unique.
Ces croyants sont les musulmans.
Leur religion s'appelle l'islam.

Mohammed nous demande d'adorer Dieu en le priant cinq fois par jour. Il nous demande aussi d'aimer notre mère, de faire des dons aux pauvres et d'aller à La Mecque.

Shaima, 10 ans

Mohammed est un messager venu rappeler de ne pas oublier Dieu. C'est un modèle pour moi. Il est humble. Il me pousse à avoir un comportement excellent.

Sofiane-Romain, 16 ans

Mohammed nous apporte la paix et il nous interdit certaines choses pour faire moins de mal aux autres. Par exemple, ne pas dire de gros mots, ne pas boire d'alcool.

Adem, 11 ans

Mohammed ne ment pas, il ne fait pas de différence entre une femme et un homme, entre un Noir et un Blanc. Il aide les pauvres. C'est l'exemple de ma vie !

Hocine, 17 ans

C'est quoi, le Coran ?

Le Coran est le livre saint des musulmans. Selon eux, il a été révélé par l'ange Gabriel à un homme nommé Mohammed, prophète de l'Islam.

Le secret de l'ange

Les musulmans croient que l'ange Gabriel a dicté les paroles de Dieu à Mohammed, un homme qui vivait à La Mecque, en Arabie, au VIIe siècle. Selon la tradition musulmane, Mohammed ne savait ni lire ni écrire. Alors, il a confié ces paroles divines à ses compagnons. Ils les ont apprises par cœur et les ont écrites sur des feuilles de palmier, des omoplates de chameau...
Ces textes en arabe ont ensuite été réunis dans un livre appelé « Coran », ce qui veut dire « récitation ».

L'amour d'Allah

Les musulmans appellent Dieu Allah. Mais c'est le même Dieu que celui des juifs et des chrétiens. Dans le Coran, on lit que chaque être humain est une merveille, créée par Allah. Allah n'attend qu'une chose, c'est que les hommes l'aiment en retour.
Le Coran appelle aussi à bien se comporter avec les autres.

Le Coran est un texte riche. C'est pourquoi il peut être compris de manières différentes. Ce sont des spécialistes de langues anciennes, des historiens et des philosophes qui peuvent nous aider à mieux le comprendre.

Bettoune, 45 ans

Le Coran parle d'amour. Et il permet aussi de connaître la vie des messagers de Dieu des autres religions.

Romain-Sofiane, 14 ans

Avant de lire le Coran, je passe mes mains mouillées sur ma tête et mes oreilles. Je lave mes pieds jusqu'aux chevilles. On appelle cela les petites ablutions. C'est un signe de respect.

Manale, 14 ans

Dans le Coran, on appelle les chapitres « sourates ». L'une des sourates parle d'un roi qui attaque La Mecque. À la fin, les musulmans sont vainqueurs. En pensant à ce qu'ils ont enduré, ça me donne de la force.

Badr, 14 ans

Manger halal, ça veut dire quoi?

**Les musulmans mangent de la viande halal.
Ce mot arabe veut dire « ce qui est permis » par Dieu, pour la santé des hommes et le bien-être des animaux.**

Prendre soin des hommes

Dans le Coran, le livre saint des musulmans, on trouve des recommandations sur la façon de se nourrir. Les musulmans les respectent, car ils croient qu'elles ont été dictées par Dieu pour protéger leur santé.
Par exemple, il est interdit de manger du porc parce que cet animal, qui se nourrit de tout ce qu'il trouve, est considéré comme impur.
Et les animaux tués doivent être vidés de leur sang car les musulmans croient que cela permet de limiter le nombre de microbes

Bien traiter les animaux

Pour les musulmans, l'animal est béni de Dieu. C'est un être sensible comme tous les êtres vivants. C'est pourquoi l'homme doit manger des animaux qui ont été bien traités durant toute leur vie.
Au moment de tuer l'animal, le boucher doit tout faire pour qu'il souffre le moins possible. Il dit : « Bismillâh », ce qui signifie « Au nom de Dieu » en arabe. Il demande ainsi à Dieu l'autorisation de sacrifier l'une de ses créatures.

Quand je mange de la viande halal, je respecte ce que Dieu a demandé. Et je suis fière de moi.

Sabrine, 11 ans

Avant de tuer le mouton, on dit « Bismillâh ». Ça veut dire « Au nom de Dieu ». Le mouton saura qu'il n'a pas été tué par méchanceté.

Amina, 9 ans et demi

J'aime beaucoup la viande halal, elle a un goût un peu salé.

Aya, 9 ans

Avant de manger, on remercie Dieu. C'est lui qui nous a donné la nourriture, car c'est lui qui a tout créé.

Nordine, 10 ans

La mosquée, qu'est-ce que c'est ?

Les musulmans se retrouvent à la mosquée tous les vendredis, pour la prière.

C'est quoi, une mosquée ?

« Mosquée » vient du mot arabe *masjid,* qui signifie « lieu où l'on se prosterne ». Les musulmans l'appellent aussi *djamâa*, ce qui veut dire « lieu où l'on se réunit ». Car la mosquée est autant un lieu de prière qu'un lieu de partage et d'enseignement.

Un geste de pureté

Avant la prière, les fidèles se lavent les mains, le visage, la bouche, le nez, les avant-bras et les pieds. C'est une façon de se purifier avant de prier. On appelle ce moment les « petites ablutions ».

Un signe de respect

Avant d'entrer dans la mosquée, les musulmans se déchaussent en signe de respect pour Allah, ce qui veut dire « Dieu » en arabe.

La mosquée, c'est le lieu sacré où l'on prie. Je viens 7 ou 8 fois par semaine à la mosquée pour prier. J'aime beaucoup ce lieu car il est calme.

Ryane, 11 ans

J'ai commencé à venir à 4 ans. J'aime apprendre beaucoup de sourates, qui sont des passages du Coran. Pour l'instant, j'en connais 16 ! J'aime comprendre ce que ça veut dire. Les paroles de Dieu, c'est important.

Hajar, 8 ans

Le minbar

Le vendredi, l'iman guide la prière commune et explique aux croyants la manière de vivre leur foi. Pour que tout le monde l'entende, il monte sur le *minbar*, une estrade d'où il prononce son sermon.

Cinq fois par jour

Les musulmans prient cinq fois par jour. Les horaires changent tous les jours parce qu'ils suivent le calendrier lunaire. Dans la mosquée, une horloge indique les horaires des prières de la journée.

Une direction sacrée

Pour prier, les musulmans se tournent en direction de La Mecque, la ville sainte où est né le prophète Mohammed. Pour connaître la direction de La Mecque, il y a dans la mosquée une petite niche appelée *mihrab*, qui est encastrée dans le mur orienté vers La Mecque.

Je viens à la mosquée depuis quelques mois pour apprendre l'arabe et le Coran, le livre saint des musulmans. La semaine, je prie à la maison avec ma mère.

Aminata, 11 ans et demi

Je viens d'Algérie.
Dans mon pays, la mosquée est un lieu très important qui fait partie de notre vie.
Je veux partager cela avec les enfants.

Nacima, maman bénévole pour l'enseignement religieux

Quel est le rôle de l'imam ?

**Pour les musulmans, l'imam est un guide.
Il conduit la prière, explique aux croyants les paroles du Coran et les aide à se rapprocher de Dieu.**

Un savant de l'islam

En arabe, le mot « imam » veut dire « celui qui est devant ». Quand les musulmans se retrouvent à la mosquée, l'imam se place devant l'assemblée de croyants et guide la prière.
Il est aussi là pour enseigner. Il a étudié la vie de Mohammed, le prophète de l'islam. Il connaît le Coran, le livre saint des musulmans. Il peut donc expliquer aux croyants le sens de leur religion.

Un homme choisi

L'imam est un homme comme les autres. Il peut se marier, avoir des enfants…
La communauté le choisit comme guide pour plusieurs raisons. Il a une foi profonde.
Sa grande connaissance du Coran et des prières lui permet d'aider les croyants à mieux se comporter avec les autres et à se rapprocher de Dieu.

À la mosquée, l'imam explique aux croyants le sens de certains passages du Coran.

L'imam que je connais prend soin des personnes âgées. Il leur met des chaises à disposition, des bouteilles d'eau et des tapis pour faire la prière. Il demande à des bénévoles de l'aider à nettoyer la mosquée pour qu'elle soit propre.

Amina, 10 ans

L'imam explique qu'il faut écouter les parents, qu'il faut faire la prière, ne pas voler, ne pas mentir et jeter à la poubelle les papiers qui sont par terre.

Maïssane, 10 ans

Comme il n'y a pas de mosquée à côté de chez moi, j'écoute la prière de l'imam sur Internet.

Sabrine, 12 ans

Je suis content d'entendre l'imam. Ça me fait du bien, ça me rapproche d'Allah. Je me sens fort pour continuer à faire mes prières et à lire le Coran. C'est mon rêve de devenir imam !

Khalil, 10 ans

Quels sont les 5 piliers de l'islam ?

Les musulmans croient que Dieu a transmis des commandements au prophète Mohammed. Les cinq plus importants de leur religion sont appelés les « piliers » de l'islam.

1. La profession de foi

Les musulmans prononcent cette phrase en arabe : « Il n'y a pas d'autre dieu que Dieu et Mohammed est son messager. » Elle dit l'essentiel de leur foi, ce en quoi ils croient. Pour eux, il n'existe qu'un seul Dieu. Il s'est adressé au prophète Mohammed, au VIIe siècle à La Mecque, une ville d'Arabie.

2. La prière

Les musulmans prient cinq fois par jour en récitant des passages du Coran, leur livre saint. Ainsi, tout au long de la journée, dans leur vie quotidienne, ils gardent le lien avec Dieu.

Les cinq piliers, ça sert à faire tenir la maison de Dieu dans ton cœur. Quand je suis ces règles, je me sens bien. Quand je ne le fais pas, c'est comme s'il me manquait quelque chose.

Tauba, 11 ans

Je prie tout le temps pour remercier Dieu de ce qu'il nous a donné. La vie n'est pas parfaite, mais je suis contente de ce que j'ai.

Samya, 13 ans

3. L'aumône

Les musulmans donnent une partie de ce qu'ils possèdent aux pauvres. C'est une manière de partager les richesses pour permettre à ceux qui ont moins d'argent de vivre mieux.

4. Le ramadan

Pendant un mois, appelé mois du ramadan, les musulmans jeûnent du lever au coucher du soleil. Ils se privent de manger et de boire. En ressentant la faim, ils pensent à tous ceux qui ne mangent pas à leur faim dans le monde. Ils sentent aussi combien l'amour de Dieu peut nourrir leur cœur.

5. Le pèlerinage à La Mecque

La Mecque est une ville d'Arabie où a vécu Mohammed, le prophète. Les musulmans vont là-bas en pèlerinage pour prier Dieu, au moins une fois dans leur vie, s'ils sont en bonne santé et s'ils ont assez d'argent pour le voyage.

Pendant le ramadan,
quand mon ventre me dit :
« Donne-moi à manger »,
je prends conscience de tout ce que j'ai.
C'est un mois durant lequel je pense à la paix.

Safae, 14 ans

J'essaye de faire le ramadan. Et quand j'y arrive je suis contente, pour moi et pour Dieu !

Zohare, 10 ans

Comment prient les musulmans ?

La prière est très importante pour les musulmans. On dit que c'est l'un des cinq piliers de leur religion, l'islam.

Cinq fois par jour

Les musulmans prient à l'aube, à midi, l'après-midi, au coucher du soleil et le soir avant de dormir. Ils se préparent en se lavant les mains, le visage, les bras, les pieds... Pour eux, la pureté de l'âme passe par la pureté du corps. Puis ils se tournent en direction de La Mecque, une ville d'Arabie où a vécu leur prophète, Mohammed. Quand on est en France, c'est vers le sud-est.

Un moment pour Dieu

Pendant les prières, les croyants récitent en arabe des passages du Coran, leur livre saint. Ils disent aussi leur profession de foi : « Il n'y a pas d'autre dieu que Dieu et Mohammed est son messager. » Ils prient à haute voix et en silence en alternant les moments debout, à genoux ou prosternés. Le vendredi, les musulmans se réunissent à la mosquée pour prier ensemble et écouter les paroles de l'imam, celui qui dirige la prière.

Je prie tous les jours, chez moi, c'est un moment assez intime. Mais c'est mieux de prier tous ensemble à la mosquée, nous sommes plus dans l'ambiance, et moi, je suis plus concentré !

Abdel, 18 ans

Je prie surtout pendant le ramadan, qui est un mois spécial pour les musulmans. Pendant cette période, on essaie de se rapprocher de Dieu. Je prie pour être heureux et aussi pour penser à Dieu.

Zacharia, 12 ans

Quand je ne peux pas respecter les horaires des cinq prières parce que je suis dehors ou en cours, je peux décaler et rattraper le soir. Pour moi, prier est une manière de montrer que je crois, de prouver ma foi.

Nabil, 18 ans

Je vis en Égypte. Dans mon pays, un homme appelé muezzin rappelle aux croyants l'heure de la prière, avec des haut-parleurs. Les mosquées sont tout le temps ouvertes. Beaucoup de gens y viennent dans la journée pour prier. Le vendredi, après la prière, on rend visite à nos familles.

Nada, 23 ans

Je ne fais pas la prière cinq fois par jour, mais une fois de temps en temps. Cela permet de garder un contact avec Dieu. Quand ça ne va pas, je me rapproche de Dieu.

Farah, 47 ans

C'est quoi, le ramadan ?

Chaque année, pendant un mois, les musulmans jeûnent durant la journée et ne mangent que le soir. C'est un moment très important dans leur religion, l'islam. Le ramadan commence le premier jour du neuvième mois du calendrier lunaire.

Un mois très important

Durant tout le neuvième mois de l'année musulmane, appelé le mois de ramadan, les croyants décident de ne pas manger, de ne pas boire, de ne pas fumer, du lever au coucher du soleil. Ils se souviennent ainsi du moment où l'ange Gabriel a commencé à révéler le Coran, le livre saint de l'islam, au prophète Mohammed. C'était vers 610.

Plus proche de Dieu

Le ramadan est un mois où chacun essaye de se rapprocher de Dieu et d'être encore plus généreux avec les autres que d'habitude… On se purifie, c'est un peu comme une renaissance ! Se priver de tout plaisir permet aussi de mieux comprendre la souffrance des plus pauvres. À la fin du ramadan, les musulmans font une fête : c'est l'Aïd-el-Fitr.

Le ramadan permet de se purifier, de faire le point… La première semaine est difficile, mais, après, on est fier ! On a un sentiment de bien-être. On pense beaucoup plus à faire du bien… Même si ce n'est pas toujours facile !

Nabil, 26 ans

J'ai fait le ramadan pour la première fois à 12 ans… J'aime le moment où toute la famille est regroupée, chaque soir, pour rompre le jeûne, c'est-à-dire recommencer à manger. Tout le monde rigole et on fait un bon repas, c'est comme une fête !

Salim, 17 ans

C'est un mois où on est plus solidaire : le soir, on invite à dîner des gens dans la rue, ou on leur donne de l'argent pour qu'ils s'achètent à manger.

Aghilès, 15 ans

Le ramadan me permet d'être plus en lien avec Dieu, avec moi-même, avec ma famille et avec les autres en général. On pense au sens de la vie, et, le soir, on fait des prières, tous ensemble.

Insherah, 34 ans

En voyant ma mère faire le ramadan, je voulais savoir ce qu'elle ressentait. L'été dernier, j'ai essayé de jeûner, mais j'avais tout le temps soif. Alors, j'ai bu. Une journée, c'est déjà bien ! Depuis, je pense aux pauvres qui vivent ça toute l'année. **Romain, 14 ans**

Pourquoi les musulmans vont-ils à la Mecque ?

Des musulmans venus du monde entier font un pèlerinage à La Mecque, une ville d'Arabie. Ils viennent prier là où est née leur religion, l'islam.

Une ville sainte

Les musulmans croient en Allah, qui veut dire « Dieu » en arabe. Et ils croient que Dieu a transmis ses commandements à Mohammed, un prophète qui est né à La Mecque, en l'an 570. Pour ces croyants, c'est une obligation de venir à La Mecque, au moins une fois dans leur vie. Alors, le dernier mois de l'année musulmane, ils sont près de trois millions à se retrouver là-bas.

Des gestes chargés de sens

Avant d'entrer dans la ville sainte, les croyants se lavent pour se purifier. Tous ensemble, ils commencent à chanter des louanges à Dieu : « Labbeik allahoum... », ce qui signifie en arabe « Je viens à toi, mon Dieu ». Ils accomplissent les gestes faits par le prophète Mohammed et, avant lui, par le prophète Abraham. Pour les musulmans, c'est Abraham aidé de son fils Ismaël qui a construit la *Kaa'ba* comme lieu de pèlerinage.

Aller à La Mecque, c'est comme une seconde naissance. Tous nos péchés sont « lavés ». On peut enfin se sentir en paix avec soi-même.

Habiba, 55 ans

Depuis son retour de La Mecque, mon papa est apaisé, il prend les choses avec philosophie ! Il me dit que c'est vraiment magnifique et il veut y retourner.

Lina, 15 ans

Chaque année, nous sommes environ 3 millions à aller à La Mecque. Pourtant, là-bas, chacun a le sentiment que Dieu ne voit que lui ! Aujourd'hui, quand je prie, je retrouve le même sentiment, celui d'être très proche de Dieu.

Malika, 54 ans

On ne fait le pèlerinage que si on en a les moyens. Si on n'a pas assez d'argent, on n'est pas obligé d'y aller.

Ouafae, 48 ans

C'est quoi, l'Aïd-el-Kebir ?

L'Aïd-el-Kébir, ou l'Aïd-el-Adha, est la fête la plus importante des musulmans. C'est pourquoi on l'appelle « la grande fête ». Certains la nomment aussi « la fête du sacrifice ». Elle a lieu le dizième jour du dernier mois de l'année musulmane.

L'obéissance d'Abraham

Les musulmans fêtent l'Aïd pour rappeler un épisode très important du Coran, leur livre saint. Un jour, Abraham rêve que Dieu lui demande de sacrifier son fils unique et bien-aimé, Ismaël. Abraham interroge alors Ismaël au sujet de ce rêve. « Fais ce que Dieu te demande et tu me trouveras parmi les obéissants », répond son fils. Mais, au moment où Abraham se prépare à sacrifier son fils, Dieu fait apparaître un bélier à sa place.

Un moment de partage

En souvenir de l'obéissance et de la foi d'Abraham, les musulmans sacrifient partout dans le monde un mouton, un bélier, une chèvre ou une vache, le jour de l'Aïd. Au même moment, en Arabie, le sacrifice a lieu à la Mecque, le lieu saint des musulmans où se termine le grand pèlerinage de l'année. Le repas se partage en famille, avec les voisins, les amis, sans oublier les pauvres. C'est un jour de fête où l'on échange des cadeaux et où l'on rend visite à sa famille.

Le repas de l'aïd réunit les familles, mais aussi les amis et les voisins.

Les musulmans prennent exemple sur le prophète Abraham, que l'on appelle Ibrahim en arabe. Moi, je sens qu'Allah nous récompense quand nous refaisons le geste du sacrifice, le jour de l'Aïd.

Ismaïl, 11 ans

C'est mon jour préféré.
Des amis de maman nous invitent, on reçoit des cadeaux, on joue, on est joyeux.

Tasnim, 10 ans

C'était dur pour Abraham de penser qu'il devait tuer son propre fils ! Heureusement, Dieu ne l'a pas exigé. Je pense qu'il faut obéir à Dieu, car c'est lui qui nous protège.

Raja, 12 ans et demi

L'Aïd, c'est la fête en l'honneur de Dieu et du prophète Abraham, qui a été courageux et a fait le bon choix. On se fait beau. On met du henné sur les mains ou les pieds.

Inès, 12 ans et demi